Analyse de l'œuvre

Par Florence Casteels

Le symbole perdu

Dan Brown

lePetitLittéraire.fr

Analyse de l'œuvre

Par Florence Casteels

Le symbole perdu

Dan Brown

lePetitLittéraire.fr

Rendez-vous sur lepetitlitteraire.fr et découvrez :

Plus de 1200 analyses
Claires et synthétiques
Téléchargeables en 30 secondes
À imprimer chez soi

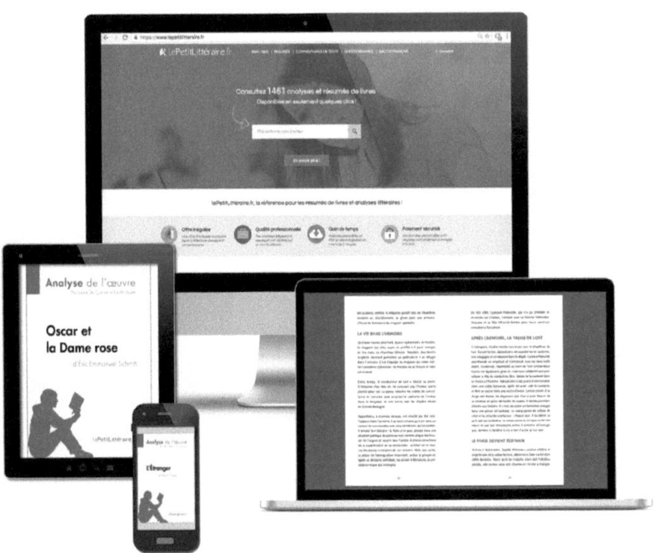

LE SYMBOLE PERDU

À LA RECHERCHE DES MYSTÈRES MAÇONNIQUES

- **Genre :** roman policier
- **Édition de référence** : *Le Symbole perdu*, trad. D. Defert et A. Boldrini, Paris, Éditions J.-C. Lattès, 2009.
- **1re édition :** 2009
- **Thématiques :** enquête, franc-maçonnerie, mystères, religion, ésotérisme, symboles, apothéose, Washington (États-Unis).

Troisième roman de la série Robert Langdon, *Le Symbole perdu* parait six années après *Da Vinci Code* en 2009. Malgré un succès fulgurant auprès des lecteurs, vendu à près de cinq-millions d'exemplaires, cet épisode n'est pas encore adapté au cinéma comme il aurait dû l'être.

L'histoire amène Robert Langdon, professeur de symbologie à Harvard, à Washington D.C. où il est censé rencontrer son ancien mentor et ami franc-maçon, Peter Solomon. Arrivé au sein du Capitole, il comprend qu'il a été piégé et que Peter est en danger, aux mains d'un fanatique de la franc-maçonnerie. Rapidement, la sécurité nationale des États-Unis entre en jeu : la CIA est mêlée et les découvertes scientifiques de la sœur de Peter en noétique sont menacées. Sur une période de 12 heures, Robert va devoir résoudre l'énigme protégée par les francs-maçons depuis des siècles : la clé pour atteindre les Mystères anciens et leur pouvoir de rendre quiconque marche sur terre un dieu.

DAN BROWN

ÉCRIVAIN AMÉRICAIN ADAPTÉ AU CINÉMA

- **Né en 1964 à Exeter (New Hampshire, États-Unis)**
- **Quelques-unes de ses œuvres :**
  - *Anges et Démons* (2000), roman
  - *Da Vinci Code* (2003), roman
  - *Inferno* (2013), roman

Issu d'une famille épiscopale, Dan Brown a évolué dans un pensionnat religieux, la Phillips Exeter Academy, où il pratiquait sa foi quotidiennement. Il obtient un diplôme en anglais et en espagnol avant de se lancer dans une carrière musicale au piano et au chant. Il se marie en 1997 à Blythe Newlon, directrice de l'Académie Nationale des paroliers qui l'aide dans ses projets artistiques. À côté de son activité musicale, Dan Brown est professeur d'anglais dans son ancienne université.

À partir de 1996, il se consacre à l'écriture et publie *Forteresse digitale* deux ans plus tard. Le succès n'arrivera qu'à la sortie du *Da Vinci Code* en 2003. Dès lors, ses romans se vendent à des millions d'exemplaires et parcourent la planète dans toutes les langues. Ses plus grands bestsellers sont adaptés au cinéma à partir de 2006 avec Tom Hanks comme interprète du personnage de Robert Langdon. Sa pentalogie sur cet enquêteur professeur de symbologie est mondialement célèbre et allie autant les sciences que des éléments ésotériques dans un registre policier apprécié des lecteurs. Chacun des cinq romans de cette série parcourt l'histoire d'une ville importante en Europe ou aux États-Unis et se base sur des faits réels mystérieux ou encore peu compris.

RÉSUMÉ

UNE ÉTRANGE INVITATION

Robert Langdon est professeur de symbologie à l'université de Harvard, ainsi qu'écrivain et conférencier spécialiste de la franc-maçonnerie. Un jour, son mentor Peter Solomon, qui lui a transmis sa passion des symboles, l'appelle et lui demande de se rendre directement à Washington par jet privé. Le puissant et riche franc-maçon l'invite à prononcer le discours d'ouverture du gala du conseil du Smithsonian, institut de recherche scientifique important aux États-Unis, le soir même au sein du Capitole.

Arrivé dans ce monument célèbre, Langdon comprend qu'il n'y a aucune cérémonie ni présence de Peter dans les parages. Quelqu'un l'appelle et lui annonce qu'il a été piégé. Il s'agit de Mal'akh, jeune homme rasé aux très nombreux tatouages qu'il cache sous des couches de vêtements et de fond de teint. Également franc-maçon du plus haut degré, il cherche depuis très longtemps l'un des secrets les mieux gardés de l'Ordre. D'après lui, seul Langdon pourra décrypter les codes et symboles pour arriver jusqu'au trésor : la pyramide maçonnique.

Mal'akh informe Langdon qu'il a été choisi pour accomplir cette mission, car Peter l'a désigné. Dans une des pièces du Capitole, Robert remarque alors une main avec des petits tatouages sur les doigts posée sur le sol et comprend qu'il s'agit de celle de Peter lui-même. Pour le professeur, cette mise en scène macabre représente la Main des mystères, traditionnellement symbole d'une invitation sacrée. Mal'akh fuit le Capitole en douce alors même que Inoue Sato, la supérieure du Bureau de la sécurité de la CIA, débarque et interpelle Langdon. Sato annonce d'emblée à Robert que la sécurité nationale est en jeu et qu'il faut à tout prix retrouver celui qui a déposé cette main et blessé Peter Solomon.

RÉSOUDRE LE MYSTÈRE

Langdon se lance alors dans une quête semée de symboles et d'allégories à décrypter pour parvenir à donner à Mal'akh ce qu'il veut et sauver Peter. D'après les dires de son ravisseur, une pyramide devrait permettre d'acquérir les Mystères anciens, un savoir perdu qui ferait des hommes des dieux. Il s'agit d'une légende bien connue de la franc-maçonnerie qui protège ce secret afin qu'il ne tombe pas entre de mauvaises mains.

D'après la légende, une pyramide maçonnique mythique et énorme existerait à Washington et garderait cachés les Mystères anciens qui devraient permettre l'apothéose des hommes. Au-dessus de la pyramide, une pierre de faite en or massif viendrait achever la pointe de l'édifice pour symboliser le trésor grandiose de l'apothéose. Sauf que, même en découvrant le secret, les documents et le savoir promis seraient cryptés afin que seuls les plus dignes puissent les comprendre.

De son côté, Mal'akh a préparé ce moment depuis des années. Après s'être immiscé dans l'ordre maçonnique et avoir gagné la confiance des plus grands jusqu'à atteindre le 33ᵉ et dernier degré, il a pris contact avec Katherine Solomon. La sœur de Peter est une chercheuse prometteuse en noétique, une discipline qui rapproche les sciences de la magie et qui tente surtout de démontrer que la conscience humaine est physique et a des conséquences sur le monde concret. Mal'akh se fait passer pour le psychiatre de Peter et raconte à Katherine que son frère se sent coupable d'avoir tué le voleur qui a assassiné leur mère 10 années plus tôt.

Mal'akh s'immisce dans le laboratoire secret de Katherine afin de détruire ses recherches en noétique. En effet, les résultats obtenus par Katherine sont importants et risqueraient bien de chambouler le monde connu et toutes ses connaissances. Or, Mal'akh est persuadé qu'un tel savoir ne doit pas être répandu parmi la population qu'il considère ignare. Seul lui, dans son enveloppe corporelle sacrée par le jeûne et les tatouages symboliques, peut atteindre la connaissance universelle et se rapprocher d'un véritable dieu.

Grâce à ses connaissances en symbologie et en maçonnerie, Langdon va dérouler petit à petit les mystères et résoudre les énigmes. Dans un premier temps, il comprend qu'il a été désigné par Peter pour mener à bout cette enquête parce que, plusieurs années auparavant, Solomon lui a demandé de conserver caché un tout petit coffret scellé de la bague maçonnique de son grand-père. Ce « talisman », comme il l'appelle, devait à tout prix rester en sécurité. Cependant, juste avant que Langdon arrive à Washington, le ravisseur de Peter, se faisant passer pour le secrétaire de ce dernier, lui avait demandé d'apporter le petit objet. Dès lors, Langdon comprend qu'il n'a pas tenu sa promesse à Peter et qu'il ne peut faire confiance à personne, pas même à la CIA.

Grâce à la Main des Mystères, créée à partir du membre coupé du bras de Peter, Langdon découvre une pièce se-crète appartenant à son ami et enfouie sous le Capitole. Là, il trouve avec Sato et un garde une petite statuette de pyramide tronquée en granite. Le « talisman » donné à Langdon des années plus tôt contient la pierre de faite qui doit venir compléter la statuette.

De son côté, Mal'akh se rend au Smithsonian Museum pour tuer Katherine Solomon et détruire ses découvertes scientifiques. La jeune chercheuse parvient à s'enfuir à temps, mais son travail en noétique part en fumée. En fuyant, elle apprend de la bouche de Mal'akh qu'il est en fait le cambrioleur qui a tué sa mère et celui sur qui Peter avait tiré le même jour.

Avec l'aide de l'Architecte du Capitole, Warren Bellamy, Langdon fuit les gardes et la CIA et se cache dans la Bibliothèque du congrès pour tenter de se poser et décrypter la statuette. La pyramide de granite est cen-sée être une véritable carte qui indique un lieu précis dans le monde réel. Une fois la pierre de faite posée sur la base tronquée, Langdon, rejoint entretemps par Katherine, décrypte le message : *Jeova Sanctus Unus*, « un seul vrai dieu ».

Recherchés par la CIA, Langdon et Katherine mènent les agents de sécurité sur de fausses pistes afin d'avoir le temps de comprendre le chemin vers les Mystères anciens et donc vers Peter toujours retenu par Mal'akh. Langdon découvre que l'inscription latine est en fait l'anagramme d'un alchimiste célèbre : *Isaacus Neutonuus*, autrement connu sous le nom de Isaac Newton, qui était également franc-maçon.

Sur l'échelle de Newton, le 33e degré est la température à laquelle l'eau bout. Langdon place donc la pyramide dans l'eau bouillante et voit des marqueurs thermiques apparaitre pour former un message : « Huit Franklin Square ». Quelques minutes avant minuit, Langdon appelle Mal'akh pour lui dire qu'il a trouvé l'adresse qu'il cherche et qu'il doit relâcher Peter.

DÉCOUVERTES ET RÉVÉLATIONS

Langdon et Katherine se rendent à la maison de Mal'akh afin de procéder à l'échange. Pour le malfaiteur, c'est hors de question. Il les ligote et les séquestre dans son sous-sol. Là, il s'empare de la pyramide et découvre un nouveau message caché en dessous, révélé par de la cire qui a fondu de l'intérieur de la statuette. Sous la pression meurtrière du ravisseur, Langdon décrypte la dernière inscription en se référant au carré magique (un tableau de chiffres où les sommes de chaque ligne, chaque colonne et chaque diagonale sont égales) de Benjamin Franklin de huit sur huit.

Lorsque Mal'akh apprend la solution, il vide Katherine de son sang par perfusion et il emporte Peter sur une chaise roulante à l'adresse indiquée : la Maison du Temple. Sur place, il ne cherche alors pas un objet ni un lieu, mais un *verbum significatum*, un mot mystique dans une langue inconnue de tous qui permettrait de révéler les Mystères anciens.

La CIA retrouve juste à temps Langdon et Katherine et les sauve de la mort. Là, Inoue Sato leur dévoile l'enjeu pour la sécurité nationale : une vidéo prise en caméra cachée par Mal'akh qui révèle tous les rites et les traditions menés par les francs-maçons les plus puissants des États-Unis. Si un tel enregistrement est publié sur Internet, le monde interprètera mal les symboles et n'aura plus aucune confiance en ses politiciens et d'autres personnes influentes qui font partie de l'Ordre.

Pour se sauver, Peter révèle le mot perdu à Mal'akh qui se le tatoue alors sur la seule partie de son corps qui n'a pas encore de tatouage, le crâne. Mal'akh se sent transformé et prêt à accomplir sa dernière tâche : mourir pour faire le sacrifice de son corps et rejoindre les dieux. Il demande alors à Peter de le tuer de ses propres mains et lui révèle qu'il est son fils Zachary Solomon. Des années auparavant, le jeune homme avait été emprisonné en Turquie pour du trafic de drogue et s'était fait passer pour mort lorsque son père n'avait pas voulu soudoyer le président de la prison pour le faire sortir. Depuis, il avait rêvé obtenir la pyramide maçonnique dont son père lui avait parlé plus jeune et il aurait tout fait pour parvenir aux Mystères anciens.

Lorsque la CIA débarque à la Maison du Temple, ils tuent Mal'akh dont le grand projet d'apothéose échoue finalement. La vidéo compromettante sur les francs-maçons est détruite et Katherine apprend que son frère avait fait des copies de ses recherches en noétique. Peter révèle alors à Langdon et à Katherine les véritables Mystères anciens. Le *verbum significatum* est *Laus Deo*, « gloire à Dieu », et indique que le grand savoir universel est dans la Bible. Les Écrits sacrés ne doivent selon Peter pas être lus métaphoriquement, mais littéralement. En effet, tous les grands chercheurs de l'Histoire y ont trouvé des découvertes scientifiques et la preuve que l'homme est un dieu et que sa conscience possède les pouvoirs créateurs en elle.

ÉTUDE DES PERSONNAGES

ROBERT LANGDON

Âgé de 46 ans, Robert Langdon est un professeur de symbologie, spécialisé dans la franc-maçonnerie, à Harvard. Il est également écrivain de plusieurs thèses et théories sur les symboles. Après ses aventures dans *Anges et Démons* (2000) et *Da Vinci Code* (2004), il est devenu célèbre pour sa capacité à résoudre les mystères les plus étranges. D'apparence décontractée malgré son rang académique, Robert est mince et musclé et porte sans cesse une veste en tweed et une montre Mickey qu'il a reçue de ses parents à neuf ans.

Langdon a perdu son père lorsqu'il avait 12 ans et a trouvé chez Peter Solomon une nouvelle figure paternelle. Grâce à lui, Robert a trouvé le gout des symboles et de l'histoire. Lorsqu'il se rend à Washington, le professeur s'extasie souvent devant les monuments et les beautés créées par les pères fondateurs des États-Unis. Il est très savant et connait parfaitement les évènements historiques, les notions scientifiques et les symboles et légendes plus ésotériques.

Son travail universitaire le pousse à être très pointilleux dans ses réponses et ses recherches, mais aussi à avoir un esprit critique. Durant toute l'enquête sur les Mystères anciens, Langdon se montre ainsi sceptique quant à l'idée d'une pyramide maçonnique qui révèlerait des savoirs enfouis. Il considère la franc-maçonnerie comme une société non pas secrète ni mystérieuse, mais comme un système moral avec des secrets qui s'incarne à travers des allégories et des symboles.

Ses capacités d'analyse et de réflexion sont impressionnantes et il mémorise très facilement tout ce qu'il voit ou lit. Claustrophobe, Langdon se sent mal à plusieurs reprises lors de ses aventures dans les souterrains du Capitole. Il est en outre un très bon ami qui tente à tout prix de venir en aide à Peter et à Katherine. Robert est aussi méfiant avec les personnes qu'il ne connait pas, comme avec Inoue Sato, malgré son rôle important au sein de la CIA.

PETER SOLOMON

Philanthrope et historien, ce franc-maçon de haut rang âgé de 58 ans est un riche ami de Robert Langdon. Il a hérité de sa famille son lien avec l'Ordre maçonnique et sa richesse. C'est un grand amateur d'art et des beautés du monde et il est un haut membre de l'Institution Smithsonian, centre de recherche scientifique et musée important de Washington.

Dans l'Ordre, il est l'un des plus hauts gradés du 33e degré qui fait partie du Conseil qui élit et nomme les nouveaux membres. Entouré de nombreux francs-maçons, il a l'habitude de garder des secrets et de vivre parmi les symboles et les allégories. Peter est très cultivé et curieux dans énormément de domaines tant scientifiques qu'ésotériques. Il dédie sa vie à la franc-maçonnerie et est prêt à tout pour garder ses secrets cachés.

Peter a eu un fils, Zachary, qu'il avait beaucoup de mal à comprendre. Il était un père strict et exigeant, mais il aimait profondément Zachary. Il souhaitait qu'il trouve la voie de la sagesse et devienne plus mature pour devenir un membre digne de la franc-maçonnerie. Après la mort de son fils à 21 ans, Peter se sent coupable de ne pas l'avoir sorti de prison plus tôt et son mariage s'effondre. Des années plus tard, sa tristesse est encore palpable et se voit dans ses yeux quand il pense à Zachary.

Ayant perdu son père à l'âge de 15 ans, Peter est aujourd'hui très proche de sa sœur Katherine, la seule famille qu'il lui reste. Dix années avant le début du roman, un voleur s'est introduit chez les Solomon pour tenter de connaitre l'emplacement de la pyramide maçonnique. Peter a refusé de lui donner ces informations et a alors vu sa mère se faire tuer avant de lui-même tirer sur le cambrioleur. Lorsque Peter apprend que ce voleur n'était autre que son propre fils qui n'était finalement pas mort, il a assez de recul pour se rendre compte que ce qu'il est devenu n'est plus le Zachary qu'il a connu. La mort de Mal'akh – et donc le véritable décès de son fils – ne l'atteint pas tellement, car il considère que Zachary est décédé il y a bien longtemps.

Très proche de Langdon, il est un ami compréhensif qui ne lui en veut pas d'avoir décrypté la pyramide maçonnique qui devait normalement rester indéchiffrée. Il le remercie même d'être intervenu pour les sauver, lui et sa sœur, des mains de Mal'akh. Reconnaissant, il dévoile à Langdon l'ultime pièce du puzzle, le mot perdu qui mène aux Mystères anciens.

MAL'AKH

Jeune homme d'une trentaine d'années, Mal'akh possède un physique très particulier qui ne laisse personne indifférent. Son corps est entièrement recouvert de tatouages aux symboles tous plus mystiques les uns que les autres, seul le sommet de son crâne rasé reste vierge de toute encre. Pour sortir, Mal'akh a ainsi l'habitude de recouvrir son visage, ses mains et son cou de fond de teint et de porter une perruque blonde qui lui va parfaitement.

Ces tatouages font partie du grand projet qu'il fomente depuis plusieurs années. Irrémédiablement attiré par les secrets cachés des francs-maçons, Mal'akh s'intéresse de très près aux Mystères anciens et à la pyramide de la légende. Il souhaite découvrir les savoirs disparus et acquérir les pouvoirs qui leur sont prêtés. Plus que tout, il se sent digne de devenir un dieu et d'être supérieur aux hommes. Il fait ainsi de son corps un temple en pratiquant couramment le jeûne et en faisant beaucoup de sport. À la fin du roman, il souhaite faire de son enveloppe corporelle une offrande aux divinités pour que son âme puisse s'élever au rang des dieux et atteindre l'apothéose.

Dans son ancienne vie, Mal'akh était Zachary Solomon. Fils et héritier de Peter Solomon, il rejetait en bloc tout ce qui touchait à la franc-maçonnerie et au parcours universitaire. Zachary n'a jamais voulu faire d'études et refusait d'entrer dans l'ordre maçonnique, car cela ne l'intéressait absolument pas. Après une adolescence rebelle, il a mené une vie de débauche entre l'alcool, les drogues et les femmes. Son père se sent tout de même obligé de lui donner son héritage à l'âge de 18 ans : une grande richesse et la connaissance de la pyramide à protéger à tout prix.

À 21 ans, Zachary est emprisonné en Turquie pour un délit de drogue et entend son père refuser de soudoyer le président de la prison pour le faire sortir. Alors que Peter souhaitait lui apprendre une leçon, Zachary considère cela comme une volonté de le voir mourir en cellule et simule sa propre mort après avoir versé une grosse somme pour sortir de prison. Il déménage en Grèce et reprend sa vie en main grâce au sport et aux apparences. De plus en plus attiré par le pouvoir, Zachary se met alors à convoiter les secrets tant vantés par les francs-maçons et son père et il prépare sa quête de la pyramide.

Lorsqu'il décide que Zachary est mort avec son ancienne vie, Mal'akh entre dans l'ordre maçonnique dans le but d'obtenir tous leurs secrets. Il ne partage en rien les valeurs d'honnêteté et de morale que la franc-maçonnerie défend. Foncièrement méchant, Mal'akh n'a aucun scrupule à tuer des innocents, ni même sa grand-mère ou sa tante. Obnubilé par le pouvoir, il perd la notion de la réalité et se voit déjà devenir un dieu au point de préparer son sacrifice ultime afin de transcender son état d'humain.

KATHERINE SOLOMON

Sœur de Peter Solomon, de 8 ans sa cadette, Katherine est une chercheuse amoureuse des sciences depuis toujours. Célibataire, car mariée à son travail, elle consacre toute sa vie à la noétique. Elle rêve de prouver que la conscience humaine a une influence concrète sur la matière physique. Alors que pendant longtemps elle était sure que les nouvelles découvertes seraient issues des technologies modernes et récentes, Peter la convainc que les Anciens avaient déjà tout compris auparavant. Elle se base alors sur des textes antiques de cultures et croyances différentes pour mener à bien ses recherches.

Katherine est également très proche de son frère qu'elle veut protéger à tout prix. Elle l'aime profondément et partage beaucoup de choses avec lui, bien qu'elle ne soit pas franc-maçonne (l'Ordre étant exclusivement réservé aux hommes). Elle lui est très reconnaissante de lui avoir offert un laboratoire ultraperformant pour ses recherches. Katherine espère qu'un jour elle pourra partager ses découvertes au monde entier et transformer complètement les façons de penser.

Très savante, elle aide particulièrement Langdon dans la quête des Mystères anciens. Grâce à la noétique, Katherine n'a aucun scrupule à rapprocher la science de l'ésotérisme et fait fréquemment des ponts entre les deux pour résoudre les énigmes.

CLÉS DE LECTURE

UNE ENQUÊTE PLEINE DE MYSTÈRES

Le Symbole perdu, comme les autres romans de la série sur Robert Langdon, appartient véritablement au genre policier. L'élément qui constitue le crime est l'enlèvement et la séquestration de Peter Solomon par Mal'akh, le premier étant la victime tandis que le second est le coupable. Au fur et à mesure de l'histoire, les raisons et le mobile de Mal'akh s'éclaircissent en même temps que les histoires de famille des Solomon sont révélées.

Le roman se focalise principalement sur l'enquête menée par Langdon pour décrypter la pyramide maçonnique réclamée par Mal'akh pour laisser Peter en vie. Robert Langdon n'est ni un policier ni un détective privé, mais il est devenu un vrai enquêteur déjà dans *Anges et Démons* et *Da Vinci Code*. En effet, professeur de symbologie, sa culture, ses connaissances diverses, son intelligence et sa perspicacité lui permettent de résoudre des énigmes complexes. Il est en outre habitué depuis ses précédentes aventures au Vatican et à Paris à élucider des mystères aux quatre coins du monde.

Dans *Le Symbole perdu*, Langdon fait à nouveau preuve d'une grande perspicacité et utilise sciemment son savoir en symbologie, en religion et en ésotérisme pour déchiffrer les énigmes. Le roman s'arrête souvent sur des détails qui se révèlent importants et présente fréquemment des tableaux, des cartes ou des dessins représentant les messages codés ou les plans à décrypter pour atteindre les Mystères anciens. De cette façon, le lecteur peut s'impliquer dans l'enquête et tenter de la résoudre par lui-même.

Cette écriture du détail marque d'autant plus les esprits que la profusion d'éléments et de données s'étend sur une durée minime de l'histoire. En effet, en moins de 12 heures, Langdon débarque à Washington, décrypte la pyramide, sauve son ami Peter et découvre les plus grands secrets maçonniques. Le temps est particulièrement étendu à cause de cette abondance d'énigmes et de messages à décoder ainsi que des actions très nombreuses qui parcourent le roman.

Véritable casse-tête, la pyramide légendaire offre non pas un code à décrypter, mais bien une multitude de messages, de tableaux et de puzzles à résoudre. À chaque fois que Langdon pense avoir trouvé la solution, une nouvelle étape de l'enquête s'ouvre. *Le Symbole perdu* se révèle également un roman policier inachevé puisque l'objet désigné par la légende maçonnique n'est pas découvert et est seulement présupposé. En outre, ce n'est pas l'enquêteur qui résout le mystère finalement, mais Peter Solomon qui offre à Langdon le fin mot de l'histoire. Sous la Maison du Temple, en effet, Peter sait que la première pierre posée par les francs-maçons contient une Bible (car c'était la coutume), dont les textes renferment les Mystères anciens tant convoités par Mal'akh.

L'enquête se prolonge également sur divers points autour de l'intrigue principale. De nombreuses zones d'ombre restent mystérieuses longtemps au cours du roman. Langdon, par exemple, ne comprend pas pourquoi la CIA débarque aussi rapidement au Capitole après l'apparition de la main ensanglantée de Peter, ni pourquoi Inoue Sato parle d'enjeux pour la sécurité nationale. Warren Bellamy, l'Architecte du Capitole, envoie des SMS à plusieurs reprises en cachette à un inconnu qui se révèle être Mal'akh bien plus tard. Bellamy envoie également Langdon et Katherine chez un de ses amis sans leur révéler son identité. Ce même personnage mystérieux donne une devinette à Langdon pour trouver l'endroit où le rejoindre en catimini. Pour Dan Brown, toutes les occasions sont bonnes pour créer le suspense et pour offrir de nouveaux mystères à décrypter. *Le Symbole perdu* se présente finalement comme un dédale entier de messages et de codes à déchiffrer pour faire avancer l'histoire ainsi que de plusieurs enquêtes à mener sur tous les fronts pour dérouler l'intrigue.

SCIENCES VS ÉSOTÉRISME ?

L'une des spécialités de Dan Brown est la manière particulière d'imbriquer les savoirs scientifiques à des connaissances ésotériques dans ses livres. *Le Symbole perdu* n'échappe pas à la règle. Katherine Solomon est en effet experte en noétique. Cette science postule que l'esprit humain peut avoir des effets sur la matière du monde concret. Elle cherche à prouver que, rien que par la pensée, l'homme est capable d'affecter le réel selon ses envies. Cette théorie souhaiterait ainsi affirmer l'existence de la télékinésie et d'autres compétences de la conscience jusqu'alors reléguées au rang de magie.

La franc-maçonnerie décrite dans *Le Symbole perdu* présente également des aspects ésotériques teintés d'éléments scientifiques. À plusieurs reprises, Langdon fait mention de grands savants qui étaient francs-maçons et qui ont élaboré des théories et fait des découvertes importantes dans le monde des sciences, comme Isaac Newton par exemple. Or, l'Ordre maçonnique repose sur des symboles, des allégories et des métaphores le plus souvent mystérieux, voire occultes. En outre, la légende de la pyramide et des Mystères anciens se révèle être un véritable objet à décrypter dans le monde réel.

Les compétences universitaires de Langdon empêchent fréquemment le professeur de penser l'impossible. À l'inverse, Peter Solomon et les autres francs-maçons savent que des mystères continuent de persister dans le monde et que, si certaines choses restent inexplorées par l'homme, elles ne relèvent pas pour autant de la magie ni du fantasme. Ainsi, la fin du roman mêle parfaitement la religion aux sciences, la spiritualité à l'esprit cartésien. Peter affirme que de nombreux scientifiques lisaient historiquement la Bible pour en extraire des découvertes savantes et rationnelles et que, de nos jours, de multiples savoirs sont encore à décrypter dans les Saintes Écritures.

Il est également fréquemment question de ce qu'est un véritable dieu. Langdon se rend compte ainsi que, aux yeux des pères fondateurs de l'Amérique ou des ancêtres des hommes, ce que réalise aujourd'hui la société actuelle est digne de la magie. Les prouesses architecturales, les œuvres d'art impressionnantes ou les avancées technologiques relèvent d'un génie tellement évolué qu'il devient difficile de discerner le progrès scientifique d'une certaine forme de divinité ou de sorcellerie.

Le roman de Dan Brown se positionne en outre d'emblée à la conjonction de ces deux sphères de la connaissance souvent opposées : la science et la spiritualité. L'auteur débute en effet *Le Symbole perdu* par un texte préliminaire indiquant les faits réels qui ont inspiré l'histoire. Dan Brown explique ainsi qu'un document secret découvert en 1991 mentionne une porte ancienne et un lieu souterrain où quelque chose serait enterré. L'ensemble des institutions exploitées dans le roman sont également de vrais organismes qui existent réellement, que ce soit l'Ordre des francs-maçons, le bureau secret de la CIA, l'institut des sciences noétiques, etc.

Le Symbole perdu allie ainsi parfaitement les savoirs apportés par la religion, la spiritualité, les symboles aux connaissances prouvées scientifiquement. Robert Langdon doit faire appel à des notions tant ésotériques que scientifiques pour résoudre les différentes énigmes de la pyramide maçonnique. La franc-maçonnerie elle-même réunit des personnalités importantes dans des domaines variés comme la politique, les sciences, l'histoire ou l'art, autour d'une morale tolérante qui s'illustre principalement de symboles et d'allégories.

L'APOTHÉOSE DE L'HOMME

Dans *Le Symbole perdu*, le thème principal, outre l'enquête policière, est l'apothéose, c'est-à-dire le fait qu'un homme sur terre se rapproche et devienne un dieu. Les Mystères anciens tant protégés par les francs-maçons consistent en effet, selon la légende, à offrir aux humains toute la connaissance, mais aussi des pouvoirs extraordinaires dignes des dieux.

Si, pour Langdon, cela prouve le caractère irréel de la pyramide maçonnique, pour Mal'akh et les francs-maçons, c'est une vérité qui va s'accomplir un jour ou l'autre. La franc-maçonnerie et ses membres protègent en effet depuis des siècles les Mystères anciens, car ils considèrent que, entre de mauvaises mains, ils pourraient faire d'importants dégâts. À l'inverse, ils n'excluent pas qu'un jour viendra où les hommes seront suffisamment préparés et évolués pour atteindre la connaissance ultime et universelle de toute chose et s'en servir à bon escient. C'est ce qu'ils appellent la Révélation, autrement connue également sous le nom d'Apocalypse.

Tout le projet de Mal'akh est d'atteindre cette apothéose. Il prépare son enveloppe corporelle par le jeûne et les tatouages symboliques afin d'en faire un réceptacle sacré pour son âme et une offrande de valeur pour les dieux. En sortant de prison, déjà, il s'était senti transformé petit à petit grâce à sa richesse, à la musculation et aux stéroïdes et grâce à son pouvoir de séduction sur les femmes. Rêvant de devenir toujours plus puissant, Mal'akh est prêt à sacrifier sa vie par des rituels mystiques et occultes pour devenir un dieu parmi les humains. Il lit alors la Bible et de nombreux récits anciens et sacrés pour trouver la voie vers le divin. Finalement, son père refuse de le sacrifier et Mal'akh meurt tout simplement comme un homme et son âme s'éteint avec lui.

Les recherches en noétique de Katherine Solomon traitent également du sujet de l'apothéose. En effet, Katherine fait des expériences pour prouver que l'âme humaine est tout aussi matérielle que le corps. Elle mesure par exemple son poids en le déduisant de la masse corporelle d'une personne au moment de sa mort. Elle prouve aussi que l'homme est capable de transformer le monde concret uniquement par sa pensée et sa volonté intérieure. Plus étonnant encore, Katherine parvient à expliquer que plus les esprits humains sont dirigés vers une seule et même visée, plus cet objectif va être atteint facilement. La conscience serait donc universelle et réellement dotée de pouvoirs créateurs ou destructeurs.

Pour de nombreux personnages de *Le Symbole perdu*, les humains sont des êtres divins qui possèdent en eux les facultés des dieux depuis toujours, mais qui les ont oubliées. Lorsque Peter Solomon explique à Langdon que la Bible doit se lire littéralement, il met ainsi en lumière ce que les Écrits saints affirment sur le sujet. Ainsi, si l'homme a été créé à partir de l'image de Dieu, il ne faut pas seulement y voir une similitude de l'aspect physique, mais aussi de l'esprit. Quand la Bible exprime le fait que Dieu est en chacun de nous, Peter avance que c'est parce que les humains sont eux-mêmes des dieux.

La franc-maçonnerie se fonde d'ailleurs sur la croyance d'un pouvoir suprême qui dépasse le monde connu et n'exclut pas que cette puissance soit intrinsèque à l'homme. Les pères fondateurs des États-Unis l'avaient déjà compris et avaient bâti leur capitale à Washington pour affirmer la toute-puissance des Américains et de leur nation. De nombreux monuments et des œuvres impressionnantes servent l'histoire comme décor ou comme support de décryptage pour déchiffrer la pyramide. Bien souvent, ces œuvres dépeignent la grandeur accordée à l'homme au même titre qu'à des dieux puissants et supérieurs.

Depuis le début de l'enquête, il est question de trouver quelque chose qui serait en dedans de l'homme. En effet, les Mystères anciens sont des connaissances découvertes depuis l'Antiquité non pas par des dieux, mais par des êtres humains qui ont étudié la conscience et l'esprit, seule machine extrêmement puissante qui était à leur disposition à l'époque. *Le Symbole perdu* affirme finalement la puissance des hommes, leurs possibilités infinies de création – et donc de destruction – ainsi que leur devoir de croire en eux-mêmes plutôt que de chercher le salut dans des éléments extérieurs.

Si les Mystères anciens sont au sein même de la conscience humaine, les secrets les mieux gardés sont également en nous-mêmes. Ainsi, il n'est pas étonnant que Mal'akh se révèle être le fils disparu de Peter Solomon. Après avoir simulé sa mort en Turquie, Zachary s'est senti différent et a décidé de renaitre de ses cendres pour ne plus retomber dans une vie de débauche. Véritablement transformé, il est devenu fort, riche et puissant au point de se sentir supérieur à autrui. S'il a compris que l'homme pouvait être un dieu, Zachary a choisi de se servir de ses pouvoirs et de sa connaissance pour alimenter son égo et pour faire le mal autour de lui.

Zachary est devenu tellement mauvais et rempli de noirceur que son propre père ne le reconnait pas, même en le regardant de près. Or, un des premiers enseignements des francs-maçons est d'observer la vérité à l'intérieur de soi et donc au sein de sa famille également. Depuis le début du roman, Mal'akh est sous les yeux de tous les personnages et personne ne le voit ni ne le reconnait. La révélation qu'il est le fils de Peter ne survient qu'à la fin de *Le Symbole perdu* alors que de nombreux éléments auraient pu mettre le lecteur sur cette piste. Par exemple, personne en dehors de la famille de Peter ne sait que ce dernier possède la pyramide maçonnique et il s'agit justement de l'héritage que Zachary reçoit avant de simuler sa mort. Lorsque Zachary vient voler la pyramide dans la maison de Peter et qu'il tue la mère de ce dernier, il est ensuite poursuivi par Peter dans la forêt. En courant, il se dirige vers le « pont de Zachary » que personne d'autre à part ses proches ne pouvait connaitre. Lorsque Mal'akh se fait passer pour le psychologue de Peter, il révèle de nombreuses choses sur ce dernier, comme s'il le connaissait très bien. Mal'akh se présente lui-même comme ayant choisi son prénom. Le lecteur sait donc qu'il avait un autre nom auparavant. Il dit également avoir été un ami de Zachary en prison, ce qui aurait pu être une piste pour dire qu'ils sont une seule et même personne.

PISTES DE RÉFLEXION

QUELQUES QUESTIONS
POUR APPROFONDIR SA RÉFLEXION...

- Langdon considère Peter Solomon comme une figure paternelle, tandis que Mal'akh a complètement renié ses origines familiales. Quelles sont d'après vous les similitudes et les différences entre les deux fils (spirituel et biologique) de Peter ? En quoi ces deux personnages représentent-ils la lutte entre le bien et le mal ?

- Pourquoi pensez-vous que les secrets des francs-maçons, une fois révélés, peuvent engendrer autant le salut de l'homme que sa destruction ? Faites un parallèle avec la relation paternelle de Peter Solomon avec son fils Mal'akh, et avec celle avec son ami Langdon.

- Beaucoup considèrent les tatouages comme un art pour transformer son enveloppe corporelle selon ses désirs. Un tel acte pourrait donc être comparé à l'action divine de créer et modifier un corps humain à sa guise. Quelles sont les autres manières par lesquelles les hommes se comportent en dieux sur la nature ? Citez-en au moins cinq issues du livre et/ou de votre observation quotidienne et expliquez pourquoi.

- À la lecture de *Le Symbole perdu*, pensez-vous que la dichotomie entre les sciences et la spiritualité ait toujours lieu d'être ? Justifiez avec des éléments du roman.

- Alors que Dan Brown dissémine des références bibliques dans son œuvre, pourquoi *Le Symbole perdu* peut-il être lu comme une attaque à la religion catholique ? Quels sont les éléments qui vont à l'encontre des principes religieux prônés par l'Église ?

- Observez la fresque monumentale du plafond de la Rotonde du Capitole à Washington (*L'Apothéose de Washington*, Constantino Brumidi, 1865). Quels sont les symboles qui marquent la glorification de l'homme au rang de dieu ? Remarquez la bannière « *E pluribus unum* » ; quel lien pouvez-vous faire avec les découvertes en noétique menées par Katherine Solomon ?

- Que pensez-vous de la citation biblique mentionnée à la fin du roman : « Il n'est rien de caché qui ne doive être découvert, rien de secret qui ne doive être mis au jour » ? Donnez votre avis en vous basant sur le roman.

POUR ALLER PLUS LOIN

ÉDITION DE RÉFÉRENCE

- BROWN D., *Le Symbole perdu*, trad. D. Defert et A. Boldrini, Paris, Éditions J.-C. Lattès, 2009.

Votre avis nous intéresse !
Laissez un commentaire sur le site de votre librairie en ligne
et partagez vos coups de cœur sur les réseaux sociaux !

lePetitLittéraire.fr

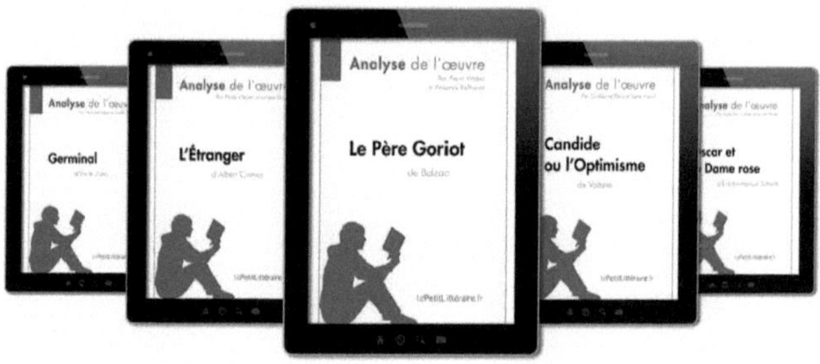

- un résumé complet de l'intrigue ;
- une étude des personnages principaux ;
- une analyse des thématiques principales ;
- une dizaine de pistes de réflexion.

**Retrouvez
notre offre complète sur
lePetitLittéraire.fr**

L'éditeur veille à la fiabilité des informations publiées,
lesquelles ne pourraient toutefois engager sa responsabilité.

© **LePetitLittéraire.fr, 2021. Tous droits réservés**

www.lepetitlitteraire.fr

ISBN version numérique : 9782808027076
ISBN version papier : 9782808027083
Dépôt légal : D/2021/12603/194

Conception numérique : Primento,
le partenaire numérique des éditeurs.